聂鲁达诗歌精选集

写给星期五早上不听海的人

〔智利〕巴勃罗·聂鲁达——著

盛妍 等——译

EL NERUDA ESENCIAL
Poemas Seleccionados

南海出版公司

新经典文化股份有限公司
www.readinglife.com
出 品

目录 Contents

二十首情诗和一首绝望的歌 盛妍 译

2　1
3　7
4　15
6　20

大地上的居所 卷一 梅清 译

10　死亡的疾驰
13　单元
14　诗的艺术
15　阴暗的系统
16　货船上的幽灵
20　是阴影

大地上的居所 卷二 梅清 译

24　只有死亡

27　船歌

31　漫步四周

34　颂歌中有声哀叹

37　树木的入口

40　再度秋日

42　没有遗忘（奏鸣曲）

第三个居所 盛妍 译

46　我来讲述一些事

漫歌 赵振江 张广森 译

52　马丘比丘之巅

69　联合果品公司

72　逃亡者

75　大洋

船长的诗 盛妍 译

80　陶匠

元素颂 刘博宁 译

82　地上一栗颂

86　书籍颂（其二）

92　深夜手表颂

97　美酒颂

狂歌集 盛妍 译

104　美人鱼与醉汉们的寓言
105　大桌布

一百首爱的十四行诗 盛妍 译

110　⊙ 12
111　⊙ 17

全权 盛妍 译

114　诗人的责任
116　词语
120　大海
121　人民

黑岛纪事 盛妍 译

132　诗

135　那些生活

137　满满的十月

140　没有纯净的光

143　失眠

144　未来是空间

海与钟 盛妍 译

148　是的,同志,该去花园了

冬日花园 盛妍 译

152　利己者

155　冬日花园

二十首情诗和一首绝望的歌

Veinte poemas de amor y una canción desesperada

———

1

女人的身体,洁白的山丘,洁白的双腿,
你委身的姿态宛若世界。
我这粗野农夫的身躯挖掘着你
并让孩子从大地深处蹦出。

我如隧道般孑然一身。鸟儿们从我身边逃离,
夜晚以其强大的侵袭攻陷了我。
为了存活,我锻造了你,如一把武器,
如我弓上的箭,如我弹弓上的石头。

然而复仇的时刻已至,我爱你。
由皮肤、苔藓、热切而坚实的乳汁组成的身体。
啊,胸脯的双杯!啊,迷离的双眼!
啊,阴部的玫瑰!啊,你缓慢而忧伤的声音!

我的女人的身体,我将坚守你的美。
我的渴望,我无尽的忧虑,我未决的道路!
黑暗的河床之上流淌着永恒的渴望,
随之是疲惫,以及无尽的苦痛。

7

倚着黄昏,我抛出我悲伤的网
投入你汪洋般的眼眸。

在那里我的孤独于至高的烈火中延展、燃烧
如溺水者般扑腾着双臂。

我向你迷失的双眼发出了红色的信号
它们如海浪拍打灯塔之岸。

我那遥远的伊人,你只守着黑暗,
惊恐的海岸不时在你的视线中浮现。

倚着黄昏,我撒下我悲伤的网
抛向撼动你汪洋之眼的那片海。

当我爱你的时候
夜鸟啄食如我心灵般闪烁的最初的星星。

夜晚在阴郁的母马背上驰骋
向原野撒下蓝色的穗子。

15

我喜欢静默时的你,因为你仿佛不在我身边,
你从远处聆听我,而我的声音触不到你。
就好似你的眼睛已然飞走
好似一个吻将你的嘴封缄。

所有的一切充盈着我的灵魂
你从这一切中浮现,充盈着我的灵魂。
梦境之蝶,你好似我的灵魂,
好似忧伤这一词。

我喜欢静默时的你,仿佛你在远方。
你仿佛在诉说着不满,如蝴蝶的低语。
你从远方聆听我,我的声音触不到你:
让我与你的无声一同静默。

请让我与你倾谈
也与你那明亮如灯盏,简单如指环的静默倾谈。
你好似夜晚,沉静无言,繁星密布。
你的无声源自星星,遥远而单纯。

我喜欢静默时的你,因为你仿佛不在我身边。
遥远且令人悲痛,仿佛你已然逝去。
那么,一个词,一个微笑便足够。
我会快乐,快乐于这并不真实。

20

今夜我能够写下最悲伤的诗句。

比如写下:"夜晚繁星密布,
群星,湛蓝,在远处颤抖。"

晚风在空中回旋歌唱。

今夜我能够写下最悲伤的诗句。
我爱她,有时她也爱我。

我曾在今夜这般的许多个夜里拥她入怀。
在无尽苍穹下一次次地吻她。

她爱我,有时我也爱她。
怎能不爱她那双专注的大眼睛?

今夜我能够写下最悲伤的诗句。
想到我不再拥有她。感到我已经失去了她。

聆听这无边的夜,因她不在而更显无边。

诗句滴落心上，就像露水打湿牧草。

我的爱留不住她又何妨？
夜晚繁星密布而她不在我身边。

就这样吧。远处有人歌唱。在远处。
我的心因失去她而失意。

我的视线为了接近她一般找寻着她，
我的心找寻着她，而她不在我身边。

同样的夜染白了同样的树。
我们，那时的我们，如今已不复往昔。

我已不再爱她，真的，但我曾多么爱她。
我的声音想寻着风触碰她的耳朵。

别人的。她将是别人的。一如我亲吻前的样子。
她的声音，她清透的身体。她那无限深邃的眼睛。

我已不再爱她,真的,但也许我还爱着她。
爱是这么短,遗忘却那么长。

我曾在今夜这般的许多个夜里拥她入怀,
所以如今我的心因失去她而失意。

尽管这是她带给我的最后的苦痛,
而这些是我写给她的最后的诗句。

大地上的居所

卷一

Residencia en la tierra, I

———

死亡的疾驰

宛如灰烬,又似茂盛生长的海洋,
在沉没之缓,在一片混沌,
又像听到从道路的高处
交叉穿行而来的十字钟声,
它已自金属剥离,
模糊,渐渐沉重,渐渐化为尘土
就在那座过于遥远
或存留于记忆、或不曾出现于视野的磨坊里,
而滚落在地的李子的芬芳
它们在时间中腐烂,碧绿永恒。

那一切如此迅捷,如此生机勃勃,
却一动不动,仿佛内部疯转的圆轮,
总之,是那些马达中的齿轮。

存在如树缝间干瘪的针脚,
沉默地环绕着,如此,
搅乱了所有界线之末。
但来自何方,路过何处,到何处上岸?
不断地包围,模糊,那么无声,

就像修道院边上的丁香
又像抵达公牛舌尖的死亡
它轰然倒下，再也无法起身，而它的犄角还想悲鸣。

如此，在不动中，停下了，觉察了，
于是，像羽翼无穷尽地原地挥动，在高空中，
像死去的蜜蜂，像数字，
啊，我苍白的心无法包容之物，
在人群中，在快要抑制不住的泪水中，
人们的奋斗，暴风雨，
突然暴露的黑色行动
像冰块，广袤的混乱，
海洋一般，而对于歌唱着踏入其中的我来说，
似一柄利剑插入不备之中。

那么现在，涌现的鸽群又是由何构成？
它们现身于昼夜相交之际，宛如峡谷
潮湿的峡谷。
这声响已如此绵长
一边坠落一边用石子将条条小路排列，

抑或是，仅仅一个小时
它突然高昂，无休止地扩散开来。

在夏日的指环中
某次，巨大的南瓜舒展开它们动人的枝叶，
听到这声响，
来自它，来自它们的彼此吸引，
来自那充盈，那是坠着的沉甸甸的水珠，一片漆黑。

单元

有什么浓郁的、混合的、沉淀的东西在深处,
重复着它的编码,它不变的讯号。
如此清晰可辨,石头曾触碰过时间,
它精致的身体上有岁月的气息,
有大海从盐粒和梦中带来的海水。

同一种东西,同一种动作环绕着我:
矿石的重量,蜂蜜的光亮,
紧贴"夜晚"这个词的声响,
麦子、象牙、哭泣的色彩,
皮制、木制、羊毛的东西,
老旧的,褪色的,一成不变的,
如墙壁一般将我团团包围。

我悄无声息地工作,围着自己转圈,
一如盘旋在死尸上空的乌鸦,哀伤的乌鸦。
我思考着,在四季的广阔中形单影只,
置身于中心,周围是寂静的地方:
一小块温度从天空坠落,
混乱的单元组成一个极端的帝国
聚集在我周围,将我裹入其中。

诗的艺术

在黑暗和空间之间，在装饰与少女之间，
拥有独特的心脏和不祥的梦境，
突然间面色苍白，额头上一片憔悴
如暴怒的鳏夫整日哀伤，
唉，对于我昏昏欲睡喝下的每一口无形的水，
和我战栗着庇佑的每一个声响，
我都缺乏同样的渴望，抱以同样冰冷的狂热，
新生的听觉，隐晦的痛苦，
像是窃贼或幽灵的到来，
在牢固又深邃的外壳中，
像一个卑微的侍者，像一口略微喑哑的钟，
像一面古旧的镜子，像一股孤独房屋中弥漫的味道，
在那里，酗酒成性的客人们深夜登门，
扔在地上的衣服散发着气味，也没有花的影子——
或许另一种表达不会显得如此忧郁，
但，事实上，倏忽而至，这拍打着我胸脯的风，
那些充斥着无尽物质落入我卧室的夜，
与祭品一同燃烧的一日喧哗，
都悲伤地要我说出我心中的预言，
有什么东西敲打着发出呼唤却毫无回应，
还有一种无休止的动作，一个令人困惑的名字。

阴暗的系统

这些黑色的日子每一天都像废铁,
被太阳打开,如公牛硕大猩红的眼睛,
空气和梦境都无法将其维持,
它们无可挽回地瞬间消失,
没有什么能取代我错乱的本源,
盘亘在我心中那长短不一的尺子
日日夜夜孤独地锻造着,
熔进数不尽的混乱和伤悲。

这便如同一座麻木而眼盲的瞭望塔,
不肯轻信,注定要痛苦地窥伺
面对着时光的每日汇聚而成的那面墙,
我不同的面孔互相重叠,互相连接
如苍白而沉重的巨大花朵
顽固地被替代,死去。

货船上的幽灵

泡沫管道之上,逃离之遥,
典礼般的浪花和清晰秩序中包含的盐粒,
腐烂的木头和生锈的铁器
散发出属于旧船的声响和气息,
老化的机器还在呼啸、呜咽,
推着船头继续向前,敲击着船舷一下又一下,
咀嚼着哀叹一声又一声,吞咽着路程一里又一里,
老旧的货船在老旧的大海中航行,
在酸涩的海水中发出酸涩的喧音。

港口断断续续的白昼造访
内部的仓库,黄昏的隧道:
口袋,口袋,阴暗的神将它们摞起来
宛如一只只灰暗的动物,圆润,没有眼睛,
却有可爱的灰色耳朵,
尊贵的肚子里装满小麦和椰干,
就像孕妇的敏感腹部,
寒酸地穿着灰色的衣服,耐心地
等候在伤心电影院的暗处。
外面的海水忽然间

发出哗哗的声响奔过,如同一匹晦暗的马儿,
蹄子飞快地在水中踏出声响,
又渐渐再次沉入迅疾的水里。
船舱里只剩下时间:
时间在不祥而孤独的餐厅里,
一动不动,肉眼可见,如同一场巨大的灾难。
皮革和布料浓郁的气味弥漫开,
还有洋葱的味道,油的味道,还有,
某个漂浮在货船角落里的人的味道,
某个不知名姓的人的味道,
如同气浪沿着楼梯一泻千里,
用他无形的身躯穿过走廊,
被死亡保护的眼睛观察着周遭。

他的眼睛没有色彩,也没有神,
迟缓,游移颤抖,既不存停,亦无阴影:
声响让他瑟缩,物品将他刺穿,
他的透明让蒙尘的椅子都烁烁放光。
那连个幽魂之形也无的幽灵是谁?
他的脚步轻盈,如同夜晚撒下的面粉,

他的声音，只受拥于各种物品。

家具旅行于他安静的身体
将其填满，像是旧货船里的一艘艘小船，
填满他黯淡而混沌的身躯：
衣橱，绿色桌布，
窗帘和地面的色度，
所有一切都经受于他手里缓慢的空虚，
消磨于他的呼吸。

他流走着，滑行着，渐渐下沉，通体透明，
他与冰冷的空气融为一体穿过货船，
看不见的手握住栏杆
再凝望货船身后飞速撤退的苦涩大海。
只有海水拒绝他的影响，
拒绝这个被遗忘幽灵的颜色与气息，
而浪花的舞蹈鲜活而深邃
仿佛火热的生命，仿佛鲜血或香水，
新鲜又强力地不断涌现，不断汇集又重聚。

大海无穷无尽，没有规律，亦无光阴，
磅礴的碧绿，不断翻涌，冰凉刺骨，
拍打着货船黑色的肚子，冲刷着它的身躯，
它破旧的补丁，它的斑斑锈迹：
生动的海水啃咬货船的坚壳，
贩卖着它长长的泡沫之旗，
和水滴中飞舞的盐的牙齿。

看向大海，幽灵用他无眼的面容：
一日的循环，货船的咳嗽，一只海鸟
在这片空间飞出圆滑孤独的方程，
而他再一次下沉到货船的生命
落在死亡的时间和木材之上，
滑行在黑暗的厨房和船舱，
空气和氛围都变得缓慢，空间荒凉。

是阴影

考量什么样的希望,什么纯粹的兆头,
什么最后的吻埋在心中,
在无依无靠与智慧的起源俯首称臣,
在永恒躁动的水面柔软而安全?

梦境里新生的天使停留在
我沉睡的肩上,寻求永恒的安全,
他需要怎样充满活力、行动迅速的翅膀?
死亡的星球之间,这段艰难的飞行何时启程,
几天前,几个月前,还是几个世纪前?

或许多疑而焦虑的人那天性中的脆弱,
忽然在时间中寻求永恒,在大地上寻找边界,
或许无情积累的倦态与年岁,
四处漫延如新生大洋的潮汐,
拍打在痛苦荒凉的海岸与陆地。

唉,让我这样的人继续存在,又慢慢停止存在,
让我的顺从听命于诸多钢铁般的条款,
只为死亡与新生的震颤不要打扰到

我想为自己永存的深处。

那么，让我这样的人，在某个地方，在任何时候，
确定的、坚定的、热情的目击者，
小心翼翼地自我毁灭，无休无止地自我保留，
不言而喻地，坚守原本的职责。

大地上的居所

卷二

Residencia en la tierra, II

只有死亡

有孤独的坟墓，
葬满无声的骨，
心穿过隧道，
那么深邃，那么深邃，那么深邃，
我们从外向内死去，仿佛一场海难，
仿佛我们在心里窒息而亡，
仿佛我从皮肤渐渐坠入魂魄。

有嶙峋的尸骨，
有冰冷黏湿的墓碑底座，
有死亡在骨头中，
宛如纯粹的声响，
宛如凭空而来的犬吠，
从某些钟里、从某些坟墓里流淌出来，
在一片仿佛抽泣或雨水的潮湿中滋长。

有时我独自瞧见，
起帆的灵柩
载着苍白的尸体，载着连发辫都已死去的女人，
载着洁白如天使的面包师，

载着沉思的、嫁给了公证员的姑娘,
灵柩让死者汇成的垂直河流再次上涨,
深紫色的河流
向上流去,漂浮着被死亡的声音吹鼓的船帆,
被死亡的无声吹鼓的船帆。

死亡降临喧嚣,
仿佛无脚的鞋,仿佛无主的礼服,
用没有宝石没有指头的戒指也能敲击,
没有嘴巴,没有舌头,没有喉咙也能喊叫。

但它的脚步响动
它的衣服摩挲出声,那么安静,似一棵树。

我不清楚,不甚了解,只是偶尔得见,
但我认为它的歌声是潮湿的紫罗兰的颜色,
是习惯了大地的紫罗兰的颜色,
因为死亡有一张绿色的脸,
死亡有绿色的目光,
伴着紫罗兰一片叶子尖锐的潮湿,

和它凛冬般沉重的颜色。

但死亡也会扮成扫把游历世界,
舔舐着大地寻找尸体,
死亡就在扫把上,
是死亡的舌头在寻找着亡者,
是死亡的针眼在寻找着丝线。

死亡就在行军床上。
在迟缓的床垫,在黑色的毛毯
它躺下来,突然吹了吹气:
吹出一声深沉的响动让床单都鼓动起来,
就有床向港口航行,
而它就在那里等待,身穿海军将领的军服。

船歌

只要你触碰我的心，

只要你将你的嘴贴在我的心上，

你的薄唇，你的牙齿，

如果你将你红色利箭般的舌头

伸入我满是尘土的心跳动的地方，

如果你在海边，哭泣着吹拂我的心，

它就会发出黑暗的声响，发出疲惫列车车轮的声响，

如摇晃的水流，

如落叶纷飞的秋日，

如鲜血，

发出潮湿火焰燃烧天空的声响，

响似梦呓，如枝叶，如雨丝，

或是像悲凉的港口的汽笛，

如果你在我海边的心中吹拂，

宛如一个白色的幽灵，

在海沫旁，

在海风中，

宛如一个脱去枷锁的幽灵，在海边哭泣。

像散开的空虚，像霎时的钟鸣，

大海分发心中的声响，

雨丝纷飞，黄昏已至，在孤独的岸边：
夜幕降临，不由分说，
它海难旗帜般阴惨的蓝色
自嘶哑银色星球繁盛而起。

而心脏的响动如同酸楚的贝壳，
它呼喊着，哦大海，哦哀伤，哦将人融化的恐惧
扩散在不幸与起伏的波澜：
在声响中大海显露出
它斜倚着的阴影，它碧绿的虞美人。

如果你突然出现，在一片阴沉沉的海滩，
周遭是逝去的白昼，
面前是降临的新夜，
波浪滔天，
而如果你在我冰冷悸动的心中吹拂，
在我心中那孤寂的血液中吹拂，
在它伴着烈焰，鸽子般的跳动中吹拂，
那它鲜血般的黑色音节就会齐齐奏响，
那它无休无止的红色浪潮就会节节攀升，

它会发出声响，发出黑暗般的声响，
发出死亡般的声响，
它会呼喊，如同一根灌满了风或是呜咽的管子
如同一个四溢着恐惧的水瓶。

就是如此，闪电会覆上你的发辫
雨水会打进你睁开的双眸
为它们蓄满泪水，而你默默将其保藏，
大海黑色的翅膀会在你的四周盘旋，
以巨大的利爪，以聒噪的啼鸣，以飞翔。

你可愿成为那个孤独的幽灵，在海边
吹起它无声而悲伤的乐器？
只要你呼唤，
它悠长的音乐，它蛊惑的哨声，
它伤痕累累的层层海浪，
就会有人偶然而至，
就会有人翩然来访，
从岛屿的山巅，从大海红色的海心，
就会有人到来，会有人到来。

就会有人到来,愤怒地吹奏,
声音就像塞壬在破旧的船上吟唱,
如泣如诉,
就像血与沫之中,一声骏马的嘶鸣,
像凶猛的潮水咬紧牙关,发出的声响。

在海的季节
它黑暗的螺壳转动起来,如同一声怒吼,
海鸟轻视地望着它,迅速飞走,
它的串串声响,它哀伤的横杆
矗立在孤独大洋的岸边。

漫步四周

我厌倦了做人。
我流连在裁缝铺和影院间
面色憔悴,不可捉摸,如同一只毛毡做成的天鹅
凫在源头与灰烬并存的水面。

理发店的气味让我放声痛哭。
我只想在石头或毛毯上休息片刻,
我只想不瞧见那些机构、花园,
还有货物、眼镜、电梯。

我厌倦了我的双足,我的指甲
我的头发和我的影子。
我厌倦了做人。

但是,割一朵百合吓唬公证员
或是一拳打在修女的耳朵上杀死她
一定令人愉悦。
手持一把绿刃行走在马路上
大声呼喊直到冻死
也一定非常美妙。

我不愿继续在黑暗中做一块根茎,
摇摆着,舒展开,因梦境浑身发抖,
在大地湿漉漉的肚肠里向下生长,
汲取,思考,将日子一天天吞吃。

我不愿如此多的不幸降临于我。
我不愿再做根茎和坟墓,
不愿再独自深埋地下,不愿再做死尸的地窖,
浑身冻僵,在痛苦中消亡。

所以当看到我带着一张囚犯的脸到来
星期一就如同石油一般燃烧起来,
它在流逝中号叫如同受伤的车轮,
脚上是灼热的鲜血,一步步走向黑夜。

它推着我走向某些角落,某些潮湿的房屋,
一所所医院,白骨破窗而出,
一家家鞋店,醋酸味扑鼻,
一条条街道,惊惧如裂纹。

硫黄色的鸟儿，可怕的肠子
挂在我讨厌的房屋的门上，
谁的假牙遗忘在咖啡壶里，
镜子
本应当因羞愧和惊吓而哭泣，
到处都是雨伞、毒药和肚脐。

我平静地走着，睁着眼，穿着鞋履，
带着怒气，带着遗忘，
我行走着，穿行过一座座办公楼，一家家医疗器械店，
一个个庭院，衣服晾在金属线：
男士内裤、毛巾、衬衣都在流泪
徐徐的脏泪。

颂歌中有声哀叹

啊,玫瑰花丛中的姑娘,哦,黑压压的鸽群,
啊,囚禁着鱼儿与玫瑰的监狱,
你的灵魂是一个装满干渴盐粒的瓶
而你的皮肤是一口装满葡萄的钟。

不幸的是我没有什么能给你,
除了指甲与睫毛,融化的钢琴,
还有我心中咕嘟咕嘟往外冒的梦,
蒙尘的梦,奔跑如一个个黑色的骑士,
满是苦厄与迅疾。

我只能用一个个吻、一朵朵虞美人向你示爱,
用一个个被雨打湿的花环,
望着灰色的骏马与黄色的狗。
我只能用拍打在脊背上的浪潮向你示爱,
在硫黄杂乱的敲击声中,在沉湎自身的水中,
我迎着那些墓地游去,它们在河水中漂流,
还带着生长在石膏坟墓上湿润的牧草,
我游经一颗颗沉没的心脏
一串串还未下葬死婴的苍白名单。

在我无依无靠的苦难与悲凉的亲吻中，
死亡弥漫，丧事接连不断，
有水落到我的头上，
而我的头发在生长，
这水如同时间，不受束缚的黑色的水，
发出夜晚的声音，发出
雨中飞鸟的啼叫，潮湿的翅膀降下
无边无际的阴影保护我的骨骼：
当我穿衣服，当
我久久立于镜子与玻璃前凝望自己，
我听到有人啜泣着在我身后呼唤我，
嗓音被时间侵蚀，发出悲戚之声。

你站立在大地之上，
身上满是牙齿与闪电。
你分发你的亲吻，你碾死蚁群。
你为健康，为洋葱，为蜜蜂流泪，
为一个个进出火来的字母哭泣。
你似一柄蓝绿相间的宝剑，

触碰你时，你便如河流弯曲。

来我身披洁白的灵魂中吧，
手捧一束血染的玫瑰与盛满灰烬的酒杯，
过来吧，带上一个苹果，牵上一匹骏马，
因为那里有一间黑暗的客厅，一个损坏的烛台，
几把歪歪斜斜的椅子在期盼冬季，
还有一只死去的鸽子，身上印着号码。

树木的入口

带着残存的理智,带着手指,
随缓慢的水流缓慢地高涨,
我坠落到勿忘草的王国,
坠落到一种挥之不去的哀痛氛围,
坠落到一间被遗忘的衰败房间,
坠落到一束苦涩的三叶草中。

我坠入黑暗,坠入
一堆废品,
我看到蜘蛛,我种下森林,
种下一株株稚嫩的神秘树苗,
我穿行在被扯断的潮湿纤维间,
它们也曾活生生地寂静地生存。

甜美的物质,哦,翅膀干枯的玫瑰,
在我崩溃时,我会攀上你的花瓣,
而我沉重的双脚是红色的疲惫,
我跪在你坚硬的教堂中
和天使一同敲击我的嘴唇。

因为我就是那个直面你世俗色彩的人，
直面你死亡的苍白利刃，
直面你汇聚起来的心脏，
直面你寂静无声的子民。

是我直面你那正在消亡的浪潮，
它周身是秋季与反抗：
是我置身你黄色的伤疤，
开启葬礼的旅程，
是我带着没来由的哀伤，
没有食物，无法入眠，孤身一人，
步入变暗的走廊，
抵达你神秘的物质。

我看到你干涸的水流在涌动，
我看到折断的手在生长，
我听到你海洋般的植丛
因黑夜与愤怒暴躁地沙沙作响，
我感到树叶一边从内凋亡，
一边向你无人问津的静止里

掺入绿色的物质。

毛孔,经脉,甜美的年轮,
重量,静悄悄的气温,
利箭钉在你消沉的灵魂上,
生灵沉睡在你茂密的口中,
香甜的果肉化为粉末,
烟尘中满是死气沉沉的魂灵,
到我这儿来,来我无边的梦境,
落入我的卧室,夜晚也会降临,
绵绵不绝,像破碎的水,
让我扎根于你们的生,你们的死,
你们顺从的物质,
你们中立的鸽子的死尸,
让我们升起火焰,让我们安静,让我们发声,
让我们燃烧起来,让我们沉默,钟声已敲响。

再度秋日

钟声中,哀痛的一天降临,
如同慵懒寡妇手中抖动的布料,
是一种色彩,是深埋地下的樱桃
做的一个梦,
是马不停蹄赶到的烟雾的尾巴,
要改变水与亲吻的颜色。

我不知是否说得明白:当黑夜
从高处降临,当孤独的诗人
站在窗边倾听秋日奔腾的脚步
当瑟瑟的落叶被踩踏,茎脉嘎吱作响,
天空中有什么,宛如公牛厚重的舌头,
有什么在天空与大气的疑惑中。

事物重归其位,
重要的律师先生,手掌,油,
瓶子,
一切生的迹象——特别是床铺,
淌满了血淋淋的液体,
人们将信任交付下流的耳朵,

凶手走下楼梯，
但不是这样，而是旧时的疾驰，
是旧时秋日那颤抖着撑下去的马匹。

旧时秋日的马匹长着红色的髯须，
可怕的嚼沫遮住它的双颊，
追逐它的空气宛如一片大洋，
散发着地底模糊的腐朽气息。

每一天都会有灰蒙蒙的颜色从天而降，
鸽子负责将它散播到大地上：
遗忘与泪水编织的绳索，
久久沉睡于钟声中的时光，
一切，
残破的旧西服，看到飘雪的女人们，
无人能活着观赏的黑色虞美人，
一切都落入
我在雨中举起的双掌。

没有遗忘（奏鸣曲）

如果问我曾到过哪里，
我应说"历尽沧桑"。
我会细数被石头遮蔽的大地，
一路流淌的河流，消逝远方；
我只知道飞鸟失去的东西，
被抛到脑后的海洋，还有我哭泣的妹妹。
为什么有这么多地方？
为什么日子接踵而至？
为什么黑夜在口中堆积，为什么要有死亡？

如果问我从哪里来，我应与碎裂的事物倾谈，
与苦痛难忍的用品倾谈，
与总是腐坏的巨大牲畜倾谈，
还与我忧愁的心倾谈。

穿梭而过的不是记忆，
亦不是沉睡于遗忘的黄色鸽子，
而是挂着泪珠的脸庞，
是卡住咽喉的手指，
还有从树叶上滑落的东西：

我们用悲伤的鲜血浇灌的日子,
那是它逝去后的黑暗。

这里有紫罗兰,有新燕,
有我们喜爱的全部,
有附言长长的甜美卡片上出现的全部,
而时光与温柔在其中漫步。
但我们不要穿过那些牙齿,
也不要啃咬寂静堆积的外衣,
因为我不知如何答复:
无数人已逝去,
无数堤坝被红色的太阳摧毁,
无数头颅撞击着船体,
无数双手保管着亲吻,
还有无数我想遗忘的东西。

第三个居所

Tercera residencia

我来讲述一些事

你们会问：那些丁香花在哪儿？
覆满虞美人的形而上学呢？
还有那不时敲打词语
用洞孔和鸟儿
将它们填满的雨呢？

让我来告诉你们发生在我身上的一切。

我曾住在马德里的
某个街区，有教堂的大钟，
有报时的塔钟，有树。

从那里可以望见
卡斯蒂利亚① 干瘦的面孔
如一片皮革之海。
　　　我的家被唤作
花之屋，因为天竺葵

---

① 卡斯蒂利亚是中世纪时期伊比利亚半岛上的一个王国，其疆域覆盖了现今的西班牙中部城市托雷多、马德里、巴利亚多利德和北部城市布尔格斯等。

到处绽放：那是

一栋美丽的房子

有狗和孩子。

    劳尔[①]，你可记得？

拉斐尔[②]，你可记得？

    费德里科[③]，地底下的你

可记得，

可记得？在我家的阳台上

六月之光在你口中扼住花朵？

    兄弟，兄弟！

一切都是

响亮的嗓音；货品上的盐，

跳动的面包堆，

我们阿尔古埃列斯街区的市场雕塑

如同鳕鱼群中暗淡的墨水池：

---

① 劳尔·冈萨雷斯·图尼翁（1905—1974），阿根廷诗人。劳尔和之后提及的诗人拉斐尔、费德里科均为聂鲁达的挚友。
② 拉斐尔·阿尔维蒂（1902—1999），西班牙诗人、作家。
③ 费德里科·加西亚·洛尔卡（1898—1936），20 世纪最伟大的西班牙诗人之一。1936 年，西班牙内战爆发初期，他因反对法西斯主义叛军惨遭长枪党人杀害，尸身被残忍地抛入废弃的墓穴。

油流入汤匙，
脚与手的深层跃动
充盈着街道，
公尺，公升，敏锐的
生命要素，
　　　　　堆积的鱼肉，
冷冽阳光下的屋顶纹理，立于其上的
风向标疲惫不堪，
土豆胡乱而精细的象牙，
番茄源源不断滚入大海。

某个早晨一切都燃烧了起来
某个早晨篝火
从地里迸出
吞噬着生灵，
从那时起都是火，
从那时起都是火药，
从那时起都是血。

匪徒携着飞机和摩尔人[①],

匪徒携着指环和女公爵们,

匪徒携着口念祝词的黑衣修士[②]

从天而降虐杀孩童,

孩童的血在街上

单纯地流淌着,以孩童之血的模样。

连豺狼都会排斥的那些豺狼,

连干柴的蓟花都会啮咬并唾弃的石头,

连毒蛇都憎恶的那些毒蛇!

在你们面前,我看见

西班牙的血浑然崛起

把你们淹死在

傲骨和利刃的波涛!

叛国的

将军们:

---

① 摩尔人主要指入侵伊比利亚半岛的伊斯兰教徒。
② 天主教道明会修士身披黑色斗篷,因而被称为"黑衣修士"。

看看我那死去的家园
看看支离破碎的西班牙：
从每一栋死屋里进出的是燃烧的金属
而不是鲜花，
从每一个西班牙的洞穴里
钻出了西班牙，
每一个死去的孩童都生出一把长着眼睛的长枪，
每一桩罪行都生出子弹
日后定会找准位置
射向你们的心脏。

你们会问，为什么他的诗
不向我们讲述梦境，树叶，
他家乡的宏伟火山？

你们倒是来看看街上的血，
来看看
街上的血，
看看街上的
血！

漫歌

Canto general

马丘比丘之巅

1

宛似一张空网,
我在街道和大气中飘荡,不断到达又告别,
入秋时节树叶展开的金币,
还有春天与麦穗之间那最伟大的爱,
仿佛置身于一只落下的手套,
像长长的月亮献给我们的东西。

(在裸露的躯体
熠熠闪光的岁月里:
钢铁变成了酸的沉寂:
黑夜被撕毁,直至最后的微粒:
新婚祖国的雄蕊遭到了袭击。)

曾在提琴中间等我的人
找到一个世界,它宛如被埋葬的塔
将螺旋体沉到
所有硫黄色的树叶下:
再往下,在地下的黄金里面

我将激越而又温柔的手
深入到大地生殖力最强的部分
像一把风吹雨淋的剑。

我将前额垂入深深的波涛,
像一滴水落进硫黄的平静,
如同一个盲人
回到人类已然消逝的春天的茉莉花丛中。

4

威严的死神曾邀请我多次:
宛似海浪中无形的盐分,
看不见的咸味散发着
一半升高一半下沉
或者风与雪山的广阔楼群。

我来到铁的锋刃,空气的隘口,
农田和岩石的寿衣,星星划过后的空虚
和令人眩晕的螺旋形的道路:

然而，广阔的大海，啊，死神！
你并非逐浪而来，
而是像夜间奔驰的光线
抑或是黑夜所有的表演。

你从不来衣袋里搜寻，
来访时总穿着红色法衣：
没有寂静包裹的朝霞之毯，
没有泪水被埋葬的巨大遗产。

我不能爱每棵
背负着小小秋天（上千树叶的死亡）的树木上
任何虚伪的死亡和没有土地
没有深渊的复活：我愿在最广阔的生命中
在最自由的河口里游泳，当人类渐渐地排斥我，
当他们的脚步渐远，关上大门，阻止我清泉般的双手将它
受伤的有名无实的躯体触摸，
我便从一条街到另一条街，
从一条河到另一条河，
从一座城到另一座城，

从一张床到另一张床,
我咸涩的面具穿过沙漠,
在最后的简陋的住房,
没有火,没有面包,没有岩石,
没有寂静,没有灯光,
我独自滚向死亡。

6

于是我沿着大地的阶梯登攀
穿过茫茫林海中蛮荒的荆棘
来到你——马丘比丘面前。

怪石垒起的高城
终于成了住地,
大地不曾将它的主人藏匿在昏睡的衣裳中。
在你的身上,闪电和人类的摇篮
宛似两条平行的直线
在刺骨的寒风中摇曳。

岩石的母亲，神鹰的浪花。

人类黎明的礁石。

失落在原始沙砾中的巨铲。

这就是住所，就是这个地方：
玉米宽大的颗粒升起又落下
像红色的冰雹一样。

在这里，小羊驼脱下金色的绒毛
给情侣、灵台、母亲、
国王、神父、武士作衣料。

在这里，夜深时，人的双脚和鹰的双爪
在高高的食肉猛禽的巢穴中
一起休息，而黎明时
他们和它们以雷电的脚步踏着薄雾，
触摸大地和岩石
直至在黑夜或死亡中将之认出。

我注视着衣裳和手,
鸣响的洞穴中的水迹,
被脸庞磨平的墙,
那脸庞曾用我的双眼注视大地的灯盏,
曾用我的双手为消失的木材涂油上漆:
因为一切,衣物、皮革、器具、
语言、葡萄酒、面包
俱已离去,落入大地。

空气用橘花的手指
抚摩所有熟睡者的身躯:
空气的千秋万代,空气的岁月星期,
蓝色清风的岁月,钢铁山脉的岁月,
宛似脚步温柔的狂风,
将岩石的孤独的住所磨光擦净。

8

亚美利加的爱,请和我一起攀登。

请和我一起亲吻那些神秘的石块。
乌鲁班巴河①银白色的激流
使花粉飞上它的金冠。

空虚的藤蔓,岩石的植物,
坚硬的花环,
飞上寂静的山巅。
来吧,细小的生命,
在大地的翅膀之中,
当结晶与寒冷、震动的空气
将搏斗的绿宝石挪开,
野蛮的水啊,你从雪中下来。

爱情啊,爱情,甚至在严峻的夜晚,
从安第斯山
响亮的燧石,到红色膝盖的黎明
请你看看白雪失明的儿子。

---

① 库斯科地区的一条河,源于维尔卡诺塔山,从马丘比丘可以看到它,山谷与河流同名。

啊，琴弦响亮的维卡玛尤河[①]，

当你宛似受伤的白雪，

将自己长长的雷霆化作浪花，

当你强劲的狂风

歌唱着、折磨着惊醒天空，

你在将什么样的语言

送入刚刚脱离安第斯山的浪花的耳中？

是谁捕获了寒冷的闪电

并将它锁在高空？

让它在寒冷的泪水中分裂

在迅猛的刀剑上颤动，

敲击它久经沙场的雄蕊，

将它引向武士的床铺，

让它在自己岩石般的末日里受怕担惊。

你那被追逐的闪烁在说什么？

---

① 乌鲁班巴河的古名，意为"太阳之河"，其源头的雪山维尔卡诺塔，意为"太阳之家"。

你神秘、叛逆的雷电闪光
可曾满载着语言游荡?
在你动脉细小的液体里
是谁在打破冰冻的音节,
黑色的语言、压抑的喊叫,
深深的口和金黄的旗?

是谁在剪开从大地中出来
观赏的花的眼睑?
是谁抛下枯死的花串,
让它们在你瀑布似的手中
使自己脱了壳的黑夜
化作地下的煤田?

是谁抛下纽带的枝叶?
是谁又一次埋葬告别?

爱情啊,爱情,不要触及界线,
也不要崇拜沉没的头颅:
让时间在浪花飞溅的泉水的大厅

完成自己的造型，
在迅速的水流和城垣之间
收集隘口的空气，
平行的风，
山脉盲目的沟壑，
露珠粗犷的问候，
请上来吧，穿过林莽，从花朵
到花朵，踏着直冲而下的长蛇。

在充满岩石、树丛、绿色星星的尘埃
和明亮森林的险峻地方，
曼图尔[①]发出轰响，宛如活的湖泊
又像是一层新的沉寂。

请到我的生命、我的黎明中来吧，
直到已经加冕的孤独。
死去的王国依然活着。
神鹰血腥的阴影

---

① 山谷名，在印加人的克丘亚语中意为"红的颜色，一种树的果实"。

像黑色的船穿过巨大的时钟。

10

石头在石头中，人，曾在何方？
空气在空气中，人，曾在何方？
时间在时间中，人，曾在何方？
难道你也是残破的人，
空洞的鹰的碎片，
沿着今天的街道，沿着足迹，
沿着秋天枯萎的落叶，
将灵魂摧残，直至进入墓地？
可怜的手脚，可怜的生命……
失去光泽的岁月在你身上
宛似雨水落在节日的小旗，
它可曾一瓣一瓣地将黑色的食物
送进你空空的嘴里？
    饥饿，人的珊瑚，
饥饿，神秘的植物，砍柴人的根，
饥饿，你成排的礁石

是否攀上了这些巍峨的残塔?

我问你,路上的盐粒,
建筑啊,让我看看那把羹匙,
让我用木棍折磨石头的花蕊,
让我登上所有空中的阶梯直抵太虚
让我抓挠内脏直至触碰到人类。
马丘比丘,你曾将岩石
放在岩石中,地基却是破烂的布片?
将煤放在煤上,底部却是泪水?
将火放在黄金中,其中却颤动着
殷红的血滴?
请将你所埋葬的奴隶还给我!
请从地上摇落穷苦人坚硬的面包
并将奴隶的衣服和窗户拿给我瞧。
告诉我,当他活着的时候,怎样睡觉。
告诉我,他的梦是不是带着鼾声,
半张着口,犹如疲劳在墙上挖出的黑坑?
墙,墙!每层岩石是不是压着他的梦,
他倒在梦乡,上面压着岩石,是不是像压着月亮!

古老的美洲，沉没的新娘，
还有你的指头，
当它们从原始森林伸向高高的仙境
在光辉和荣耀的婚礼的旗帜下，
伴随着战鼓和战矛的雷鸣，
还有，还有你的指头，是不是
也将抽象的玫瑰和寒冷的线条，
将新鲜谷物滴血的胸脯
转移到闪光的布上和严酷的洞穴中，
还有，还有，被埋葬的亚美利加，你是不是也将饥饿
藏在最深处，藏在痛苦的内脏，像一只雄鹰？

11

穿过朦胧的光焰，
穿过岩石的夜晚，让我将手伸进去，
让那被遗忘的古老的心灵，
像一只被捕千年的鸟，在我的胸中跳动！
让我忘却今天这幸福，它比海洋宽广，
因为人类的宽广胜过海洋和它的岛屿，

应该像落入井中一样落入大海
以便取出海底一捧神秘的水和被淹没的真理。
宽阔的岩石，让我忘却那雄伟的体积，
无边千古的大小，蜂窝的岩石，
今天让我的手顺着直角尺上
粗犷的血和苦行衣的斜边滑去。
当愤怒的神鹰，宛如红鞘翅的铁蹄，
在飞行中拍打我的双鬓，
生着食肉动物羽毛的狂风
横扫倾斜的石阶上昏暗的灰尘，
我看不见那迅猛的飞禽，
看不见它利爪的盘旋，
只见古老的生灵，奴隶，睡在田野上的人，
只见一个躯体，一千个躯体，一个男人，一千个女人，
和雕像沉重的石头一起：
在黑风下被雨和夜染成黑色，
采石人胡安，维拉科查[①]之子，
受冻者胡安，绿色星辰之子，

---

① 按照古印加人的传统，维拉科查是主宰世界的神。

赤脚者胡安，绿松石之孙，
请上来和我一起出生，兄弟。

12

请上来和我一起出生，兄弟。

从布满痛苦的深处
向我伸出手臂。
你不会从岩石深处回来。
你不会从地下的时光回来。
你僵硬的声音不会回来。
你被打穿的眼睛不会回来。
从大地深处看看我吧，
农民，纺织工，沉默的牧人，
看护原驼的驯服者，
受挑战的脚手架上的泥瓦匠，
安第斯山泪水的挑夫，
手指被压碎的首饰匠，
在种子中颤抖的庄稼汉，

和黏土混为一体的陶工：
把你们被掩埋的古老的悲哀
带给这新生命之杯吧。
让我看看你们的血和皱纹，
告诉我吧：我在此遭受惩罚
因为首饰不再闪光，
大地不再按时交纳宝石和食粮。
让我看一看你们跌倒的岩石
和折磨你们的十字架的木头，
为我点燃你们古老的火石、古老的灯盏，
鲜血淋漓的斧头
和千百年来将人抽得血肉模糊的皮鞭。
现在让我通过你们死去的口发言。
请穿过土地，把所有
沉默、破碎的嘴唇连成一片，
在地下对我讲吧，这整个漫长的夜晚，
如同我和你们一起抛锚，
把一切都告诉我，一链接一链，
一步挨一步，一环套一环，
磨利你们的刀剑，

放在我的手上，佩在我的胸前，
犹如一条闪烁黄色光芒的河，
犹如一条埋葬老虎的河，
让我哭泣吧，每时，每天，每年，
多少蒙昧的时代，繁星似的流年。

给我寂静，水，希望。

给我斗争，铁，火山。

将身躯如磁铁般粘到我的身上。

到我的口中和我的血管中。

倾诉吧，借我之言，以我之血。

联合果品公司

当喇叭吹响,大地上
一切准备就绪
耶和华将世界分给
可口可乐、阿纳康达、
福特汽车和其他富豪公司:
联合果品公司
保留了汁液最多的部位,
我的大地的中部海岸,
亚美利加甜蜜的细腰。
它为自己的领土重新命名,
叫作"香蕉共和国",
在长眠的死者身上,
在赢得了伟大、
自由和旗帜的
不安的英雄们身上
建起喜剧院:
它取消意志,
赠送恺撒的王冠,
赤裸裸地嫉妒,
吸引苍蝇们的独裁,

苍蝇特鲁希略,

苍蝇塔乔,

苍蝇卡里亚斯,

苍蝇马丁内斯,

苍蝇乌维科,[①]沾着穷人的血

和果酱的苍蝇。

在老百姓的坟墓上嗡嗡叫

醉醺醺的苍蝇,

演杂技的苍蝇,足智多谋

而又善施暴政的苍蝇。

在这些嗜血的苍蝇中间

果品公司靠岸,

将咖啡和水果统统搜刮,

将我们沉沦土地的宝贝,

偷偷地装满

托盘似的溜走的轮船。

与此同时,葬身于

---

① 诗人所列举的都是拉丁美洲独裁统治者的名字,其中的塔乔是尼加拉瓜独裁者安纳斯塔西奥·索摩查的绰号。

晨雾中的印第安人
跌入港口发甜的深渊：
一个躯体在滚动，一个失落的号码，
一串死去的水果，一个无名的物件，
在垃圾中泛滥。

逃亡者

12

对所有的人，对你们
这些在夜间悄然存在着的
在黑暗中拉起我的手的人们，
你们这些发出不熄光芒的
明灯，排排星辰，
生命的面包，秘密的兄弟，
对所有的人，对你们，
我要说：不说感谢的话，
没有什么能够装满
纯洁的酒杯，
没有什么能够
装下不可战胜的春天的旗帜上
你们无声尊严一般的
全部阳光。
我只是
在想：
也许我理应得到
质朴、纯洁之花，

也许我就是你们，正是，
我就是土地、面粉、歌谣，
知道自己来自何处、归于何方的
自然混合体。
我不是你无法分辨的
遥远的钟声，
深埋地下的水晶，
我只是人民，只是隐蔽的门，只是黑面包，
你在接待我的时候，
也就是接待你们自己，
接待那经受无数次拷打
又无数次再生的
嘉宾。

  我属于所有这一切，属于所有的人，
所有那些我不认识的人，
所有那些从未听说过我名字的人，
那些生活在我们的江河沿岸、
火山脚下、铜的含硫阴影中的人，
渔夫和农民，
像玻璃一般波光粼粼的湖滨的

蓝色印第安人，
此刻正一边用苍老的双手钉着皮革
一边发出询问的鞋匠，
还有你，下意识等待过我的人，
我感激你们，我为你们歌唱。

大洋

大洋啊,如果我能从你的天赋和你的破坏能量中
分解出一种办法、一个果子、一种酵母放到手里,
我将选择你辽远的宁静,你钢铁般的线条,
有长风和黑夜相伴的浩瀚
和你于自己粉碎的纯洁之中
捣毁并推倒石柱的
白色语言的威力。

  拍碎海岸
  并铸造环绕世界的宁静沙滩的
  绝对不是刚刚那个带有盐的分量的浪头:
  那是力量的汇聚,
  波涛延展开来的力量,
  充满生命的静止的孤寂。
  也许那是时间或一切运动的
  聚合,死亡没能封固的
  纯洁单元,火焰般的总体的
  绿色脏腑。

  潜在水中托起水珠的臂膀

只余下一个盐的亲吻。你岸边之人的
躯体却留下
一股浸湿花朵的潮润芳香。
你的能量仿佛在无损耗地滑动,
仿佛重归于自己的宁静。

你涌起的波涛,
如一致的弓,似闪着星光的翼羽,
一旦消落,就化作泡沫,
而后重新泛起,没有被削弱。
你的全部力量重新变成源泉。
你只献出破坏的残渣,
你的货物剥落的皮壳,
你大量运动排出的废物,
一切脱离了整体的游离部分。

你的身躯铺展,比浪花更辽阔。

它充溢着活力,整齐得一如生灵的胸膛,
毡毯,和呼吸

在升腾之光的物质中,
波涛铺垫而成的原野,
组成这地球的赤裸表皮。
你以自己的物质充实自己的机体。

你填平寂静的沟壑。

那水域宇宙般的空洞如同酒杯,
盛满你的盐,你的蜜,不停震荡,
你万般齐俱,
就像残破的火山口,粗野的玻璃杯:
有空旷的峰峦,疤痕,
也有守望残破的天空的标记。

  你的瓣片触撼着世界,
  你海底的食粮在不停地颤动,
  纤柔的海藻飘摆着自己的威吓,
  鱼群戏游,繁衍,
  只有鳞片的死光,
  好似你广袤的晶莹躯体上的

毫厘创伤，
漂升到罗网的经纬。

船长的诗

Los versos del capitán

陶匠

你的整个身体献予我
专属的酒杯或温柔。

当我举起手
便在每一处发现一只鸽子
同样找寻着我,仿佛,
亲爱的,你是由陶土
为我这双陶匠之手制成。

你的双膝,你的双峰
你的腰肢
在我体内的缺失,恰如
干旱大地上的空洞
一个形状
自旱土剥离,
在一起时
我们就像同一条河,
像同一片沙地般完整。

元素颂

Odas elementales

地上一栗颂

你完好无瑕地
从竖立的枝叶中
从精美的木头
光洁的红棕色树干
落下来,
机灵敏捷
像一把刚刚诞生于
高处的提琴,
它隐藏的甜蜜
落下来,
奉献它收存的天赋,
在鸟儿与叶子间
以它的身形,
悄悄落成学校,
柴木与淀粉的血脉,
卵形的乐器
无损的愉悦与可食的玫瑰
就存在于它的结构中。
你在高处
抛开了在板栗树的光影中

微微张开棘

竖着刺的小刺猬,

从那条刺间的缝隙,

你看见了世界,

浑身音节的

小鸟,

伴着星星的

露水,

而底下是

男孩女孩的

脑袋,

不停颤抖的草茎,

持续升起的烟尘。

栗子,

你下了决心,

做足准备,

光滑地跳到了地上,

坚硬又柔软

像美洲诸岛的

一个小小怀抱。

你落下来，
撞击了
地面
然而
无事发生，
草
仍颤个不停，老栗树
像整片树林的嘴巴
窃窃私语。
一片红秋之叶落下来，
时光会继续坚韧地
在大地上劳作。
因为你
只是
一粒种子，
栗子，秋日，大地，
水，山巅，寂静
都已准备好胚芽，
浓郁的淀粉，
母亲的眼睑，

它们被埋入土中,
会再度朝着高处
朝着枝叶
朴素的规模
朝着新根茎
黑暗潮湿的根须,
朝着大地上另一颗栗子
或旧或新的领域
眨动。

书籍颂(其二)

书,
美丽的
书,
迷你的森林,
叶子
叠着叶子,
你的纸张
有自然的
气味,
你属于
清晨和夜晚,
属于谷穗,
海洋,
在你古老的书页里
有猎熊人,
密西西比的
篝火堆,
岛上的
独木舟,
稍晚些,

还有道路

与道路，

启示，

叛乱的

大众，

兰波有如一尾受伤

流血的鱼，

在泥潭中颤动，

友爱之美

就这样一石一石地

筑起人之城堡，

还有编织了

坚毅的疼痛，

团结的行动，

藏在

一个

又一个

口袋里的书啊，

是幽秘的

灯，

红色的星。

我们这些
步行的
诗人
探索着
世界,
在每扇门后,
生活都接纳了我们,
我们也参与了
尘世的战斗。
我们的胜利是什么?
是一本书,
一本充满了
人类联结
套着护封的书,
一本没有孤独
只有人
与工具的书,
一本书

就是胜利。
它诞生，坠落，
如所有果实，
不仅仅有光，
也不仅仅
有阴影，
它熄灭，
散失，
流落街头，
倾倒在土地上。
清晨的
诗集
书页中
再度生出了雪与青苔，
这样
那些足迹，
或眼睛
会一点点
刻下痕迹：
你再一次

向我们描绘世界

密林中的

泉水,

高高的树丛,

极地的

植被,

还有走在路上

走在崭新的道路上的

人类,

他们跋涉在

林中,

水上,

天空里,

在海洋赤裸的孤独中,

人类

发现了

终极的秘密,

人类

携着一本书,

回来了,

猎人
携着一本书
回来了，
农民
携着一本书
耕作不停。

深夜手表颂

深夜,我的手表
在你手上
闪烁如萤火。
我听见
它的发条声:
如同一声单调的呢喃,
从你隐形的手上
传出来。
彼时,你的手
又一次抚上我黝黑的胸膛
采摘我的梦,
与胸膛下的心跳。

这只手表
继续用它小小的锯子
切割着时间。
就像在一片森林里,
掉下了几片木屑,
几滴水,几段枝丫
或是几个鸟巢,

仍然是万籁俱寂，

仍然是一片清凉的黑暗，

在你隐形的手上，

这只手表就这样

继续切割

时间，时间，

而分分秒秒坠落

如叶子，

如破碎时间的纤维，

如细小的黑色羽毛。

如同在森林里

我们嗅到根茎的气味，

在某处渗出了

一大颗水珠

如淋湿的葡萄。

一个小小的磨坊

磨碎了夜晚，

暗影呢喃着

从你的手上滑落，

将整片大地填满。

尘埃，

土地，距离，

在夜里，我的手表

就在你手上

磨呀，磨呀，磨碎这一切。

我伸出

手臂

垫在你隐形的脖颈后，

放在那温热的重量下，

而时间

就坠落在我手里，

深夜，

那轻微的响动

来自木头与森林，

来自被切开的夜，

来自影的碎片，

来自不停滴落的水：

从手表上，

从你熟睡的双手，

梦境也随之坠落，
坠落如树林中
黑暗的水，
从手表
流进你的身体，
从你流向更多广阔的疆土，
这黑暗的水啊，
坠落的时间
奔流不息，
就在我们中间。

那一夜就是如此，
幽影与空间，大地
与时间，
有什么东西不停涌动，坠落，
流逝。
而所有的夜晚也是如此
从大地上流过，
只留下一阵似有若无的
黑色的香气，

一片叶子,
一滴水
坠落地上
悄无声息,
森林睡着了,河流,
草原,
钟声,
眼睛。

我听见了,你在呼吸,
亲爱的:
让我们也入睡吧。

美酒颂

白昼色的美酒,
黑夜色的美酒,
满是紫红葡萄沉淀,
或流淌着黄玉之血的
美酒,
大地
星辰般的孩子,
美酒,顺滑得
如一柄黄金剑,
柔和得
如一块褶皱的天鹅绒,
螺旋状回旋
微滞的美酒,
你博爱,
如海,
从未被装进某一只
酒杯,
从未被收入某一支歌
只供某一人独享,
你是大合唱

热闹合群,
有时候,
你也是二人的
相互对唱。
有时
你以必朽的记忆
滋养自己,
冰冷墓穴的石匠啊,
在你的波浪上,
我们从一座坟墓
走向另一座,
流下
转瞬即逝的泪水,
但
你美丽的
春装
是如此不同,
心爬上了枝头,
风拂动了白日,
而在你静止的灵魂中,

没有什么东西停留。
美酒
搅动了春日,
快乐如植物
一样生长,
墙壁倒塌,
巨石陨落,
深渊闭合,
歌声升起。
哦,你啊,
装满美酒的瓦瓮,
你与我挚爱的甘美
出现在荒漠中,
一位老诗人如此吟诵。
愿这壶酒将它的吻
汇入爱之吻。

心爱的你啊,忽然之间
你的腰胯
就变成酒杯

盈满的曲线，
你的胸脯是枝串，
你的长发是美酒之光，
你的乳头是葡萄粒，
你的肚脐是纯净的封蜡
封住你酒瓮般的肚皮，
而你的爱
是不可遏制的
酒的瀑布，
是落在我感官上的明亮，
是生命中尘世的辉煌。

生命之酒啊，
你也不仅仅是爱，
不仅仅是燃烧的吻，
或灼伤的心，
你也是
人类的友谊，是透明体
是训练有素的合唱，
是群花的盛放。

当人们围桌交谈时，
我爱智慧之酒
瓶身上迸溅的光。
愿他们喝下美酒，
在每一滴金子，
每一杯黄玉
每一匙紫色中
记住秋天的劳作
让瓦罐中都盛满了美酒
愿那些晦暗无名者
在他们买卖的仪式上，
学着纪念土地与它的职责，
学着传播果实的颂歌。

狂歌集

Estravagario

美人鱼与醉汉们的寓言

当她全身赤裸地走进来
这些先生们都在里面
他们喝了酒,开始唾弃她
她刚从河里出来,一无所知
她是一条迷途的美人鱼
辱骂声自她光洁的肉身流过
污言秽语盖过了她金黄的胸脯
她不会哭泣,因而没有落泪
她不会以衣蔽体,因而赤身裸体
他们用烟头和烧过的软木塞戳烫她
大笑着躺倒在酒馆的地板上
她不会说话,因而一言不语
她的瞳色如遥远的爱
她的双臂如一对黄玉
她的双唇在珊瑚光下破裂
她蓦地从那扇门离去
刚一入河就重获洁净之身
如雨中的白石般闪着光
她头也不回地再次游弋
游向虚无,游向死亡。

大桌布

当被唤去吃饭时
暴君们携着临时的女伴
一拥而上,
看女伴们经过是件美事
她们宛若胸部丰硕的黄蜂
紧随其后的是那些苍白
且不幸的公众之虎。

田里的农民吃下
小得可怜的一口面包,
他孤身一人且天色已晚,
周围全是麦子,
他却只有那一小口面包,
双眼直直地盯着它,
用僵硬的牙齿将其吃下。

在午餐的蓝色时刻,
烘烤的无尽时刻,

诗人放下里拉琴[①],
拿起刀与叉
把玻璃杯放到桌上,
渔民们也赶到
汤碗中的小小海域。
燃烧的土豆
在油的火舌间抗议。
炭火中的羊肉灿如黄金
洋葱则褪去了外衣。
穿着礼服吃饭使人悲伤,
恰似在棺木中吃饭,
但在修道院里吃饭
就像在地底下吃饭。

独自吃饭很苦涩
但不吃饭则是深沉的、
空洞的、绿色的,有刺的
如一串鱼钩

---

① 琴身呈 U 形的古典拨弦乐器,与竖琴相似。古希腊的吟游诗人常在吟唱时弹奏。

从心脏下落
在体内把你钉住。

饥饿就像钳子,
像螃蟹的啃咬,
灼烧,灼烧却没有火焰:
饥饿是一场寒冷的大火。
让我们快点坐下
同所有没吃饭的人一起进食,
让我们铺上长长的桌布,
在这世界的湖泊里,
在行星的面包房里撒盐,
雪中桌上摆着草莓,
还有一个盘子如同月亮
我们都在那里共进午餐。

现在我只祈求
午餐的正义。

一百首爱的十四行诗

Cien sonetos de amor

12

丰腴的女人，肉做的苹果，炙热的月亮，
碾碎的海藻、泥浆和光线散发的浓郁香气，
在你那双柱间微启的是怎样幽暗的光亮？
男人用感官触及的是怎样古老的夜？

啊，爱是一趟汇聚水与星的旅程，
窒息的空气和突如其来的面粉暴风雨随行；
爱是一场闪电的战役
两个身体溃败于同一种甜蜜。

我用一个又一个吻遍历你那小小的无限，
你的边界，你的河流，你的小村庄，
而繁育之火转化为欢愉

驰骋于血液的窄道
直至它如夜间的康乃馨般迅疾，
直至它成为，只不过暗处的一道光。

17

我不把你当作盐玫瑰去爱,亦不当作黄玉
或火光蔓延的康乃馨之箭:
我爱你,就像爱恋某些晦暗之物,
隐秘地,在阴影与灵魂之间。

我爱你,就像不开花的植物,
自身蕴藏着花朵之光,
恰恰因为你的爱,某种从大地升起的浓郁香气
暗暗地存在于我的体内。

我爱你,却不知如何爱,从何时、自何地爱起,
我对你的爱直截了当,既不烦恼也不自傲:
我这样去爱你,因为我不知如何以其他方式去爱,

这是我唯一的方式:我若不在,你亦不在,
如此亲近,你放于我胸前的手成了我的手,
如此亲近,你的双眼乘着我的睡梦而合闭。

全权

Plenos poderes

诗人的责任

写给星期五早上
不听海的人，写给禁锢其中的人，
在家、办公室、工厂或女人之间，
在街道、矿场或干燥的囚室：
我来找他，没有说话也没有去看
来到囚室并打开牢门
在坚定中有模糊的无尽之声，
漫长且破碎的雷声滚滚而来
向着行星和泡沫的重量，
粗哑的河流自海洋涌现，
星体在它的玫瑰丛中迅速震颤
大海跳动，死去，延续。

因此，受命运的驱使
我应当在自己的意识中
不断聆听并留存海之叹息，
应当感受硬水的冲击
将其收藏于永恒的杯中
无论被囚禁之人在哪儿，
无论他在何处遭受秋日的惩罚

我都会带着流浪的波涛出现，
我都会从窗户中穿过
他听到我的声响便会举目
说道：我该怎样抵达海洋？
而我会默不作声地传递
海浪破碎的回声，
被击溃的泡沫与流沙，
海盐后撤时的低语，
海鸟灰色的呼号。

就这样，通过我，自由与大海
向晦暗的心给出了回应。

词语

词语在血液中
诞生,
在黑暗的身体里成长,跳动着,
随着唇和嘴飞翔。

忽远又忽近
还是,还是来了
从死去的父辈和流浪的种族而来,
从变作石头、厌倦了
贫穷部落的土地而来
因为当苦痛蔓延到路上
人们行走着抵达
与新的土地、新的水相聚
再次播种他们的词语。
这就是继承:
就是这股风将我们
和被埋葬的人与尚未出现的
新生命的曙光相联结。

用恐惧和呻吟

造出的

第一个词

依旧让大气颤抖。

它从黑暗中

走出

用它的铁器发出隆隆巨响

直到如今已不再有雷声

能与之媲美,

第一个

被说出的词:

也许只是一声低语,一滴水,

瀑布也随之落下,落下。

后来含义填满了词语。

它被填得满满的,满是生命。

一切都是诞生和声音:

肯定,清晰,力量,

否定,毁灭,死亡:

动词肩负着一切权力

存在与本质

在它电流般的美中融合。

人类的词语,音节,延展的
光的胯部,坚固的银器,
继承的酒杯接收
血液的交流:
在这里,沉默融入了
人类词语的整体
对人类而言,不说话即死亡:
连头发也构成了词语,
双唇不动也能用嘴说话:
双眼突然成了词语。

我取用一词,遍寻其身
权当它只是人类的形态,
它的线条让我沉醉,我在语言的
每一个回响中遨游:
我发声故我在,不说话时,我接近
词汇尽头的沉默。

我为词语酌酒,举起

一个词或清澈的酒杯，

我在其中喝到

语言的酒

或不尽的水，

词汇的母亲之泉，

我的歌源于

酒杯、水和酒

因为动词是源头

倾注成生命：是血，

血表达了它的实质

它的发展已就绪：

语言赋予玻璃以玻璃的本质，血即血，

生命即生命。

大海

一个生灵,但没有血液。
一次抚摸、死亡或玫瑰。
大海来了,联结我们的生命
独自进攻、散开、歌唱
不分昼与夜,在大人与新生儿中。
本质:冰与火——运动

人民[①]

我记得那个人，从我见到他起
至今已过了两个世纪，
他不骑马不驾车：
仅用双脚
丈量
距离
他不执剑不披甲，
但肩上扛着网子、
斧子、锤子或铲子，
他从不击败任何一名同类：
他以战胜水或土地为功绩，
战胜麦子获得面包，
战胜巨树获得木柴，
战胜围墙开辟门户，
战胜沙地建造墙面
战胜大海促其生产。

我认识他，他的形象挥之不去。

---

① 原文"pueblo"一词在西班牙语中既有"人民""普罗大众"之意，又有"民族""村庄"之意。

车辆瓦解成碎块，
战争摧毁了门与墙，
城市成了一把灰烬，
所有的衣物都变作尘土，
他为我而生，
在沙土中存活，
从前仿佛
一切都不可磨灭，除了他。

在家庭的来来去去中，
有时他是我的父亲或亲眷
或者也许他就是，又或不是
那个没回家的人
因为水或大地吞噬了他
机器或树木杀害了他
抑或他就是那个守丧的木匠
走在棺木后面，没有泪水，
一个始终没有名字的人，
被唤作金属或木头，

别人俯视他

看到的不是蚂蚁

而是蚁穴

他的双脚不再挪动，

因为此时这个疲乏的穷人已经死去，

未曾得见的事情他们不知道：

他所在之处已现出其他的脚，步他后尘。

其他的脚便是他自己，

其他的手也是，

那个人依旧活着：

当他似乎已死去

又成为同一个人，

他又在那里挖掘土地，

裁剪布匹，但没穿衬衣，

他在那里又不在，就像那时，

他走了又回来，

由于他从未有过墓地

或灵柩，他的名字从未被

他挥汗开凿的石块记载

没人知道他来过
也没人知道他何时死去,
所以只要有可能,
这个穷人就会再次不留痕迹地重生。

无疑,这个人没有遗产,
没有奶牛,没有旗帜,
也无异于他人,
那些和他一样的人,
俯视他,他是宛若地下泥土的灰色,
是宛若皮革的褐色,
是收割麦子的黄色,
是矿场底下的黑色,
是城堡里石头的颜色,
渔船上的是金枪鱼的颜色
牧场上的是马的颜色:
他若是密不可分的元素,
是扮作人的大地、煤炭、大海,
怎会有人将他分辨出来?

他所住之处

凡被他触碰的都会生长：

怀有敌意的石头，

在他的双手中

碎裂，

变作秩序

一块一块地塑造

建筑笔直明晰的线条，

他用双手制作面包，

驱动火车，

从村庄到遥远之处都有人居住，

有其他人生长，

蜜蜂来了，

因为人类创造并繁衍

春天在面包房和鸽子间

走向市场。

面包之父被遗忘，

正是他徒步砍伐，开垦

垄沟，运送沙土，

当万物具备时他已不在,
他献出了自己的存在,就是这样。
他去别处劳作,而后
像河里的石子般
滚向死亡:
下游将他带向死亡。

我,认出他的我,看他向下滚落
直到他已不在,只留下:
他几乎不可能知道的街道,
他永远也不可能居住的房子。

我又看到了他,我每天都在等待。

我看到他在棺木中复活。

我把他从与他相同的人之中
区分出来
在我看来不能这样,

这样我们哪儿也去不了,
如此这般便无荣耀。

我认为这个人
应当位于宝座之上,
足登珠履,头戴王冠。

我认为做了这么多事情的人
应当成为万物的主人。
做面包之人应当吃面包!

矿井里的人应当拥有光!

再不该有灰暗的被镣铐束缚的人!

再不该有苍白的失踪者!

不再有男人做不了王国的主人。

不再有无冕的女人。

每一只手都戴上金手套。

一切黑暗之物都拥有太阳的果子!

我认识那个人,但凡我可以,
但凡我的脸上有双眼,
但凡我的口中能发声
我就在墓地里找他,抓住还未化作尘土的
他的手臂,告诉他:

"万物都会消散,唯你永存。

你点燃了生命。

你造就了属于你的一切。"

这就是为什么没有人感到不安,
当我似乎孤身一人却并不孤单,
我不与任何人为伍,我为所有人发声:

有人在不知不觉中听我诉说，
但他们全都知道，我歌唱的那些人
仍在出生并将遍布世界。

黑岛纪事

Memorial de Isla Negra

诗

就在那个年纪……诗前来
找我。我不知，不知它
从哪儿来，从冬天还是河流。
我不知它怎样前来、何时前来，
不，它不是声音，不是
话语，也不是寂静，
但它从街上呼唤我，
从夜的树枝，
猛然间在其他事物中，
在熊熊火焰中
或独自归来，
在那里，没有面孔的它
触及我。

我不知该说什么，我的嘴
不知如何
命名，
我的眼睛是盲的，
有什么在捶打我的灵魂，
狂热或遗失的羽翼，

而我渐渐变得孤独,
试图破解
那种灼烧
于是写下了模糊的第一行,
模糊的,没有实质的,纯粹的
蠢话,
一无所知之人的
单纯智慧,
我突然看见
蜕了壳的
开阔
天空,
行星,
跳动的种植园,
被箭、
火,还有花穿孔,刺破的阴影,
压倒一切的夜,宇宙。

而我,最渺小的存在,
沉醉于繁星密布的

巨大空虚，
近似，神秘的
形象，
我感到自己是深渊中
纯粹的一部分，
与星辰同转，
我的心在风中释然。

那些生活

我会说，这就是我，为了留下
这份书面的借口：这是我的生活。
很明显这已不可能：
在这张网上不只有线会讲述，
还有从网中逃离的空气，
其余的一切均不可捉摸：
如野兔般奔跑的时间
穿过二月的露水
我们最好不要谈论
如臀胯般晃动的爱情
火势汹涌之处只留下
一勺灰烬
就这样诸多事物随之腾空而起：
相信并等待的纯真的男人，
活过却不再活着的女人，
所有人都认为有了牙齿、
手脚和字母表
生活便只事关荣誉。
而这个人把双眼汇入历史，
抓住过去的胜利，

永久地获得了存在
生活对他而言只是为了
死去：时间是为了不再拥有时间。
大地是为了最后将他埋葬。
但那个人生来便拥有那么多眼睛
就像苍穹里的行星
用以吞噬的一切火
将生活无休止地吞下，直至抛却它。
倘若我在我的生活中看到了什么
那便是印度河边的某个午后：
一个有血有肉的女人燃烧着
我不知从那石棺中飘散的
是灵魂还是烟雾
直至女人、火、
棺木、灰烬都消失殆尽：天色已晚
只有夜、水、影子、河流
在死亡中永存。

满满的十月

一点一点又接二连三地
生活发生在我身上
这件事是多么微不足道:
这些血管承载着
我的血液,我很少得见,
我呼吸着那么多地方的空气
却未留存下任何一个样本
毕竟所有人都知道:
没人能带走任何他拥有的东西
生命只是骨头的借贷。
最美的事就在于学会不过度
悲伤或喜悦,
期待最后一滴的可能,
向蜂蜜和黑暗祈求更多。

也许我受到了惩罚:
也许我因幸福而被斥责。
请记住没有任何事物
能从我身边经过却不分享我。
我一头闯入

不属于我的逆境，
闯入他人的疾苦。
这无关掌声或利益
不过是件小事：无法
与那片阴影共存和呼吸，
他人的阴影宛若高塔，
宛若将人埋葬的苦树，
宛若石头砸在膝盖上。

你自己的伤口在哭声中愈合，
你自己的伤口在歌声中愈合，
但寡妇、印第安人、穷人、渔夫
就在你的门前流血，
矿工之子认不出
满身灼伤的父亲。

好吧，但我的职责
是
灵魂的饱满：
让你窒息的享乐的呻吟，

倒下的植物的叹息
或一切行动的总和。

我喜欢随着早晨生长，
在阳光下茁壮，在太阳、
盐、海的光照和波涛的满满幸福中，
随着发散的泡沫
我的心开始运动：
在深深的阵痛中生长
渗入沙中死亡。

没有纯净的光

没有纯净的光
或影在回忆中:
它们变成了紫色的灰烬
或肮脏的路面,
人们的脚步不停穿行
在市场上出出进进。

还有其他:像贪得无厌的猛兽的獠牙般
　仍在寻找
啃食之物的回忆。
寻找,啃咬最后一根骨头,吞噬
这留于身后的漫长的沉默。

一切都留在了身后,夜晚与曙光,
白昼悬于空中,仿若一座桥,连接阴影、
城市、爱与恨的港口,
仿佛战争已打入仓库
掠走全部货物
直到风钻过残破的门
吹向空无一物的架子

让遗忘的眼睛跳舞。

因而白昼之光在慢火中现出,
还有爱,远处迷雾的香气
而城市循着一条条街道,没有旗帜便归来
许是想要跃动,活在烟雾中。

昨日的时辰被染血的针上穿过的
生命之线串起,
历经不断被推翻的抉择,
大海和疑惑的无尽击打
天空的颤动和它的茉莉。

那个我是谁?那个不会
微笑,只因哀悼便会死去的人?
那个让庆典的铃铛和康乃馨
持续击溃寒冷讲坛的人?

天色已晚,已晚。而我在继续。继续举着一个
又一个例子,不知何为教训,

因为我缺席了我曾拥有的诸多人生
现在我是我,同时也是曾经的那个人。

也许这就是结局,神秘的真相。

生命,是一种空虚的不断延续
让白昼与阴影占满这酒杯
埋没的光辉如被孱弱矿物
裹住尸身的古老王子,
直到我们如此迟至,我们已不在:
存在与否,都是生命。

过去的我只留下了这些残酷的印迹,
因那些伤痛见证了我的存在。

失眠

我在夜半自问,
智利会发生什么?
我那贫穷黑暗的祖国会怎样?

如此热爱这艘纤弱的小船,
这些石头,这些土块,
与泡沫共生的
坚韧的沿海玫瑰,
我与我的土地合为一体,
我认得它的每一个孩子
四季在我体内更迭,
哭泣或开花。

我感到现在,刚刚
跨过满是困惑的死年,
让我们所有人流血的错误
已过,我们重新开始合计
最好的、最公平的生活,
威胁却再次出现,
怨恨在墙上升起。

未来是空间

未来是空间,
空间是大地的颜色,
云的颜色,
水的颜色,空气的颜色,
黑色的空间能容纳很多的梦,
白色的空间能容纳全部的雪,
全部的音乐。

留于身后的绝望的爱
容不下一个吻的空间,
树林中,街道上,房子里,
每个人都有容身之地,
地下和海底都有空间,
终于找到时该有多快乐,
    登上
空无一物的行星,
巨大的星星如伏特加般明澈,
如此透明,无人居住,
带着第一部电话抵达那里
好让众人在以后诉说

他们的疾病。

重要的仅仅是遥望,
是在崎岖的山脉上叫喊
是在另一座山峰上看见
一个刚抵达的女人的双脚。

来吧,让我们离开
令人窒息的河流
在其中,我们和别的鱼一起
从拂晓游到迁徙之夜
而如今在这被发现的空间
让我们飞向纯粹的孤独。

海与钟

El mar y las campanas

是的,同志,该去花园了

是的,同志,该去花园了
该去战斗了,每一天
都是花或血的延续:
我们的时间让我们被束缚着屈服
给茉莉花浇水
或在黑暗的街上流血:
美德或苦痛分散于
寒冷的地区,咬人的炭火,
别无其他选择:
天堂之路,
曾经圣徒们一遍遍走过,
如今被专家占据。

马匹已然消失。

英雄们形同两栖动物,
镜子空空荡荡
因为庆典总在别处,
在我们不会受邀的地方
并且在门口有争斗。

因此这就是所谓的倒数第二次
第十次真诚地
敲响我的钟：
到花园去，同志，向着百合花，
向着苹果树，向着决不妥协的康乃馨，
向着橙花的馨香，
然后再去履行战争的职责。

我们的祖国是羸弱的
在它赤裸的刀刃上
我们孱弱的旗帜在燃烧。

冬日花园

Jardín de invierno

———

利己者

花园里不缺任何人。没有人：
只有绿色和黑色的冬日，白昼
如幻影般显现，
白色的幽灵，寒冷的服饰，
现于一座城堡的阶梯之上。是时候了
无人到来，凝结
冬日秃枝上露珠的水滴
方才落下，
我和你在这荒凉之地，
不败且孤独，期待
无人到来，是的，期待无人
带着微笑或勋章或设想
向我们提议。

现在
树叶飘落，在大地上
支离破碎，当
它们从存在与不存在中回到根源
被掠去金子和蔬菜
直至一次又一次地

成为根,毁灭又重生,
长高去迎接春天。

噢,迷失的心
在我体内,在我的授权仪式上,
多么慷慨的转变占据了你!
我不应受到谴责
无论逃离还是赶来:
不幸不会将我摧毁!
凭借每日亲吻它的力量
幸福本身也可能是苦涩的
没有人能够挣脱太阳
只有通过死亡。

如果星星为了闪光把我选中,
如果利刺带我感受诸多痛苦中的一种痛,
我该怎么办?
如果手的一举一动都使我靠近玫瑰
我该怎么办?
我必须因为这个冬天而祈求宽恕吗,

因为这个最遥远、最不可及的冬天?
就为那个寻找寒冷的人
尽管无人因他的幸福而受苦。

如果在这些道路之间——
遥远的法国,雾中的数字——
我回到自己生活的环境:
孤单的花园,贫穷的社区,
突然间这一天和其他日子一样
沿着不存在的梯子走下
身着不可抗拒的纯洁,
有一股混杂着凛冽的孤独、
潮湿、水和新生的气味:
如果我孤身一人呼吸该怎么办?
为什么我会感到深受重创?

冬日花园

冬天来了。身披寂静与黄色的
缓慢树叶
带给我绚丽的启示。

我是一本雪做的书,
一只宽大的手,一片牧场,
一个等待的圆圈,
我属于大地和它的冬日。

世界的声响在枝叶上生长,
随后小麦开始燃烧
宛若灼痕的红花遍布其上,
然后秋天赶来书写
葡萄酒的篇章:
万物皆逝,夏日的酒杯
如稍纵即逝的天空,
航行的云朵也散去了。

我如此哀伤地在阳台上等待,
仿佛昨日已随童年的常春藤一同到来,

大地在我无人居住的爱里
展开羽翼。

我知道玫瑰会凋落
转瞬即逝的桃核
会再次入睡、发芽:
我举着空气的酒杯沉醉
直至整片大海化作黑夜
晚霞的红晕化作灰烬。

如今大地
停止了质问,
延展它沉默的皮肤。
如今我再次成为
远道而来的寡言者
冷雨和钟声包裹着我:
我将自己发芽的意志
归功于大地纯净的死亡。

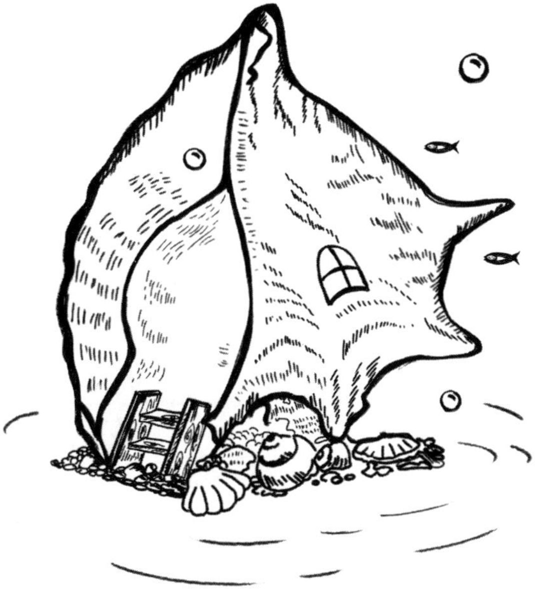

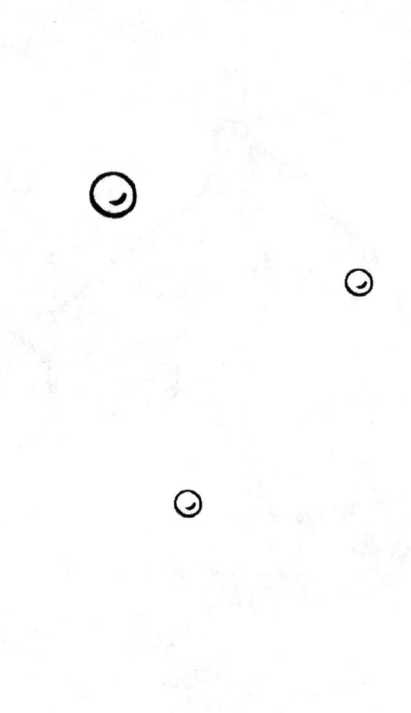

THE ESSENTIAL NERUDA. SELECTED POEMS:
© PABLO NERUDA and FUNDACIÓN PABLO NERUDA

VEINTE POEMAS DE AMOR Y UNA CANCIÓN DESESPERADA: © 1924
RESIDENCIA EN LA TIERRA, I: © 1933
RESIDENCIA EN LA TIERRA, II: © 1935
TERCERA RESIDENCIA: © 1947
CANTO GENERAL: © 1950
LOS VERSOS DEL CAPITÁN: © 1952
ODAS ELEMENTALES: © 1954
ESTRAVAGARIO: © 1958
CIEN SONETOS DE AMOR: © 1959
PLENOS PODERES: © 1962
MEMORIAL DE ISLA NEGRA: © 1964
EL MAR Y LAS CAMPANAS: © 1973
JARDÍN DE INVIERNO: © 1974

This selection of the poetry of Pablo Neruda was edited by Mark Eisner and published as *The Essential Neruda* by City Lights Books, San Francisco, CA © 2004
All Rights Reserved.

图书在版编目（CIP）数据

写给星期五早上不听海的人：聂鲁达诗歌精选集 / （智）巴勃罗·聂鲁达著；盛妍等译. —— 海口：南海出版公司，2022.6
 ISBN 978-7-5735-0022-9

Ⅰ. ①写… Ⅱ. ①巴… ②盛… Ⅲ. ①诗集－智利－现代 Ⅳ. ①I784.25

中国版本图书馆CIP数据核字(2021)第257897号

著作权合同登记号　图字：30-2020-094

写给星期五早上不听海的人：聂鲁达诗歌精选集
〔智利〕巴勃罗·聂鲁达 著
盛妍 梅清 赵振江 张广森 刘博宁 译

出　　版	南海出版公司　(0898)66568511
	海口市海秀中路51号星华大厦五楼　邮编 570206
发　　行	新经典发行有限公司
	电话(010)68423599　邮箱 editor@readinglife.com
经　　销	新华书店
责任编辑	黄宁群
特邀编辑	张苇杭　吕宗蕾
营销编辑	李筱竹　王　靖
装帧设计	韩　笑
内文制作	田小波
印　　刷	北京盛通印刷股份有限公司
开　　本	850毫米×1092毫米　1/32
印　　张	5.5
字　　数	68千
版　　次	2022年6月第1版
印　　次	2022年6月第1次印刷
书　　号	ISBN 978-7-5735-0022-9
定　　价	49.00元

版权所有，侵权必究
如有印装质量问题，请发邮件至 zhiliang@readinglife.com